Los amantes deberían llevar solo mocasines

Primera edición: septiembre, 2011

Título original: *Les amants ne devraient
porter que des mocassins*
© De la traducción, Héctor Rodríguez Vizcarra, 2011

© Vaso Roto Ediciones, 2011
c/ Alcalá 85, 7º izda., Madrid, 28009
vasoroto@vasoroto.com
www.vasorotoediciones.blogspot.com

Diseño de colección: Josep Bagà
Dibujos de portada e interiores © José Luis Cuevas
Cuidado de la edición: Jeannette L. Clariond
Agradecemos la participación de
Beatriz del Carmen Cuevas

ISBN: 978-84-120271-5-0

Joumana Haddad
Los amantes deberían llevar solo mocasines

Con la obra gráfica de José Luis Cuevas

Vaso Roto / Ediciones

Ella

La mujer no había tenido un día fácil: la escapada a París llegaba a su fin, demasiadas compras por hacer, tantos trayectos que realizar, algunos encuentros rápidos de último minuto, un almuerzo con el hombre del sombrero tierno, y luego la cereza del pastel: un adiós inquietante, salado, que por largo tiempo siguió irritándole la garganta aquel día y que por ningún motivo dejaría subir hasta sus ojos.

No. Ella no.

La mujer que no había tenido un día fácil regresó a casa con el fin de prepararse para la fiesta nocturna. Ya había decidido lo que haría durante las pocas horas que le quedaban en la ciudad. Se regalaría una «primera vez», un obsequio que reservaba, por lo general, a los momentos más emocionantes. Lavó sus largos cabellos negros, acariciándolos bajo el agua, mientras pensaba: María Magdalena reincide a través de mí, pero esta vez procurará no arrepentirse. Salió del baño, algunas gotas aún perlaban sus hombros, de esas gotas que no deben enjugarse y que solo una lengua sedienta de estrellas debe codiciar, acopiar y beber. Delineó su boca, se perfumó, eligió una falda al azar (si bien era del tipo de persona que nada deja al azar) y olvidó, a propósito, ponerse las bragas.

La mujer que olvidó –a propósito– ponerse las bragas cenó con una pareja de amigos en un restaurante donde la alegría forzada era de rigor. Dos horas y tres botellas de vino más tarde, el trío desembarcaba en un club de swingers, situado en un garaje subterráneo de la rue du Cherche-Midi.

Yo

Un hombre de sospechosa dentadura cuidaba con celo la entrada del club. Mi reacción inmediata fue poner aquella expresión angelical que adoptaba en la escuela cuando las monjas me reprendían por hacer alguna travesura que yo me empeñaba en desmentir con fervor. *Hermano, somos gente decente, déjanos entrar.* Luego cambié de idea e hice que mi rostro tomara la opción contraria: *Señor, somos gente indecente, créame, no se arrepentirá.* Mientras, echaba vistazos furtivos hacia la tierra prometida, a espaldas de aquella muralla de músculos. Cuántas cosas escondidas más allá de esa puerta entreabierta, pensaba. Cuántas cosas ocultas que solo se develan a los «dignos» de ellas. Tras esta reflexión, imprimí a mi rostro una expresión aún más libertina, volcando toda la lascivia de la que fui, soy y seré capaz de dar a una sola mirada.

¿Se abrirá la puerta? ¿No se abrirá? That is the question.

Durante la cena, nuestro acompañante me repitió a consciencia que yo era su pasaporte de entrada, y me sobresalté en secreto por la responsabilidad que tal «honor» acarreaba, aunque al final él tenía razón: bastó con una inspección de arriba abajo a mi digna persona (el hombre de sospechosa dentadura ni siquiera se detuvo en mi mirada, inútilmente compuesta –o más bien, des-

9

compuesta– para la circunstancia). Un examen infra-
rrojo, y enseguida el anti San Pedro nos invitó a entrar
con un gesto distinguido.

Bajamos los escalones a tientas, a tientas cruzamos los
últimos metros de nuestra indecisión, rompimos el hi-
men (por lo que a mí respecta, cada vez más elástico)
de nuestros modales, y llegamos al interior. Imaginé
tus ojos desaprobatorios acompañándome paso a paso,
ordenándome desandar el camino. Pero, ¿no fuiste tú
quien me escribió, luego de nuestra primera cita: *Me
ha encantado tu libertad desconcertante, tu magnífica
audacia*?

Entonces solo me queda cruzar el umbral, que pueda
cruzarlo...

Ella

Aunque el salón estaba muy oscuro, los tres amigos notaron el escote prominente, hasta la altura del ombligo, que llevaba la moza de la recepción. *Adelantando los senos con majestuosidad, se apuró a tomar sus abrigos y sus bolsos.* La mujer que deseaba cruzar el umbral se despojó, con la docilidad de los turistas japoneses que confían ciegamente en su guía, de chaqueta, suéter, boina y bufanda, en ese orden. Solo se quedó con su cigarro (y con el resto de su ropa, que podría considerarse algo poco adecuado dada la exorbitante desnudez que se advertía a su alrededor).

Fue como penetrar en la cueva de Alí Babá, excepto porque carecía de tesoros: nada más cofres vacíos, cuerpos desencantados y desencantos sin brillo alguno, piedras no preciosas, falsas alianzas y falsas discordias, collares de temores perpetuos, brazaletes de alegrías artificiales, gente solitaria de cristal roto, perdida en los meandros de su soledad. Una bocanada de decepción invadió a la alumna de la escuela de monjas. Y entre más observaba, más incómoda se sentía sobre el sillón de terciopelo rojo, imaginando todo el cortejo de frustraciones impregnadas de frío y humedad que, en ese mismo asiento, habían ocurrido a través del tiempo. Sucio, todo le pareció sucio, y procuró que su piel no entrara en contacto con aquella tela.

JOSÉ LUIS CUEVAS
A) *Autorretrato con mujer, París 1981*
Acuarela y tinta sobre papel
24.5 x 9.5 cm.
B) *Autorretrato con mujer, París 1981*
Acuarela y tinta sobre papel
24.5 x 9.5 cm.

Yo

¿Qué desea tomar? Vino, le respondí a la camarera sin titubear. ¿Sabes? Desde que te conozco me excedo un poco con el vino, siento que cada trago eres tú fluyendo en mí. En realidad no es el vino. Son tus labios y tu aroma y tu sábila y tu lengua y tu recuerdo... No. Tu recuerdo no. Hablar de recuerdo sería condenarte a un pasado sujeto por esposas, y el pasado no me dice nada si no es también y, sobre todo, una mano libre desplegada hacia una fruta que habrá de madurar. Me veo tendida voluptuosamente sobre tu cama, entre una botella de Bordeaux y un sueño, estirando el cuerpo hacia tu copa igual que un arco ebrio que solo aspira a darse por vencido, lluvia de deseos que no quiere más que verterse. Pues es la viña la que madura al sol, desde hace tiempo debes de haberlo descubierto...

El tinto llega y, con él, tú. Lo bebo con deleite, te bebo. Al mismo tiempo continúo mi navegación en estas aguas turbias, en esta atmósfera desértica y repleta, cubierta de ansiedades y cargada de desolación y torbellinos: fue como atravesar volando el ojo de la cerradura gigante que resguarda las manzanas prohibidas. Sin embargo, pese a toda mi audacia desplegada, seguía sintiéndome fuera de lugar. Incluso en los ojos de los hombres que me escrutaban había una mezcla de deseo voraz y de «¿qué hace aquí una mujer como esa?».

Empecé a aburrirme, cruzaba y descruzaba las piernas, hasta que el semblante atónito del octogenario de cabello hirsuto y camisa desabotonada sentado frente a mí, me hizo recordar que andaba sin ropa interior. *¿Realmente me guiñó el ojo? ¿Se creerá Michael Douglas frente a una Sharon Stone morena en una versión porno de* Basic Instinct? Puse los ojos en el tipo que me acompañaba, sopesándolo y midiéndolo con la mirada, y me di cuenta de que, a pesar de todos sus defectos, no estaba interesada en canjearlo por el Casanova marchito. *¿De veras viene hacia nosotros? No, debo estarlo imaginando, rápido, tengo que largarme.* Decidí dar una vuelta por los rincones de la gran sala oscura. Me levanté con bastante determinación, sorprendiendo a mi amiga Y. quien, tras cada respiro temeroso, bebía largos sorbos de whisky. Mi guardaespaldas no intercambiable también se levantó, pero con una seña le ordené sentarse de nuevo. Él obedeció.

Ella

La mujer que hacía madurar al sol se dirigió al bar. Un moreno guapo, sentado de lado, le hablaba al oído a una rubia de cabello ensortijado y con el sostén sin abrochar. Vio a la mujer que acababa de entrar y le sonrió como invitándola a detenerse. Ella no le devolvió la sonrisa, pero sí la mirada. Luego continuó con su inspección del lugar, recorrió algunos metros hasta encontrar una serie de espacios adyacentes destinados, en apariencia, al retozo colectivo. Entró en uno de ellos: un hombre vestido por completo, con la bragueta abierta, sodomizaba a una mujer que a su vez lamía el pene de un hombre que apretaba los senos de una mujer que masturbaba a otro hombre y así sucesivamente... Una relación sexual en fila india.

A pesar de todas sus reservas y de su negligente actitud de viciosa precoz, la mujer comprueba que el sexo en vivo y en directo es interesante a la vista. ¿Lo insólito y lo prohibido no son, acaso, los dos clítoris de la mente? Se pone a mirar más de cerca y siente un escalofrío, pues el aire acondicionado es más intenso. Pero también siente escalofríos porque así lo desea. Se yerguen las coronas de sus senos, aúllan, exigen una boca, una lengua, unos dientes. Es uno de esos apetitos tiranos que una mujer no puede aliviar por sí sola.

Afortunadamente.

JOSÉ LUIS CUEVAS
Autorretrato con amante, París 1981
Acuarela y tinta sobre papel
26.5 x 26.5 cm.

Yo

Sigo aproximándome. Nunca había visto tan de cerca a un hombre haciendo el amor –excepto, claro, a aquellos que lo hacen conmigo, pero no es lo mismo, al menos eso espero–. Me sentía como una científica experimentando con ratas de laboratorio. Sin embargo, en todo esto no había ningún descubrimiento por hacer, sino solo la confirmación de una verdad bien conocida: la indecencia que hay en la avidez condenada al hastío al momento de ser aplacada.

Los labios de la sodomizada-chupadora se pasean, descienden, escalan. Los labios, hechiceros, desaparecen, aparecen y vuelven a desaparecer la vara mágica de sus deseos. Aprieto los puños. Mis uñas rasgan las palmas de mis manos como si se tratara de una espalda soñada. Cada zarpazo es un grito de gozo y deseo: es así como la leona que habita en mí deja marcado su territorio. Ambos hombres, el que la penetra y al que se la chupa, me invitan a unirme a la partida, pero ninguno de los dos me interesa. Eres tú al que deseo, eres tú al que invoco.

Pero tú no vienes.

Doy marcha atrás y decido recuperar mi asiento cuando alguien me jala del brazo. Es el moreno que cuchicheaba a la oreja de la rubia. Lo llevo a la pista de baile.

José Luis Cuevas
Autorretrato en el hotel Mision, 1982
Aguada, acuarela y tinta sobre papel
26.5 x 25 cm.

Cómo te llamas de dónde eres tienes unos ojos preciosos soy profesor me llamo Michel (sí, cómo no) *a qué te dedicas seguro eres modelo* (su eficacia como Don Juan es lamentable). Hasta yo, la novicia, me daba cuenta de la inutilidad de conocer demasiado a las otras personas en un lugar como aquel, y pensé que Michel era sin duda un *swinger* falto de profesionalismo. Además decía *perfeeeeecto* cada cinco segundos y medio, lo que era para mi cabeza el equivalente a un baño helado.

Tuve unas ganas tremendas de desafiarme, de sorprenderme, de violar un nuevo límite en mí. Entonces me quité la blusa negra y me quedé en sostén. Ese gesto me asombró, a veces llego a volverme imprevisible hasta para mí misma. Fue una segunda «primera vez»: nunca antes lo había hecho en público y procuraba conservar aquella apariencia desenvuelta. Las otras clientas estaban mucho más «expuestas», y aun así yo me sentía la más desnuda de todas. Por otra parte creía escuchar los murmullos de la gente: *Libanesa, esa es libanesa, de padres libaneses, piernas libanesas, creció con leche libanesa, estudió en colegio libanés, vive en un departamento libanés y la crema corporal hidratante que usa ¡seguro es libanesa! Por sus venas corre sangre árabe, ¿quién lo habría pensado?* Barrí de un solo golpe el peso de esa identidad problemática y me dispuse a disfrutar del momento, nada más. *Carpe diem*, me susurraron los lunares de mi pecho, esparcidos como las más apetecibles invitaciones indecentes.

¿Te escandaliza? Confieso que, al principio, a mí también. Pero la desnudez es un gusto que se adquiere con bastante facilidad. El profesor, que pegaba saltos de alegría, pensaba que mi atrevimiento se debía a la infalibilidad del «efecto Michel» (que en mi libido equivalía al efecto refrigerador). ¡Cómo me haces falta, escandalizado mío! Echo de menos todo: nuestra complicidad, nuestra risa loca, la poesía que somos uno al lado del otro, mi cautela apasionada, tu pasión cautelosa, mi calor bajo tus manos y tu tierno sombrero en mi cabeza... Lo sé, somos como dos paréntesis, el uno para el otro. Mi impaciencia de ti debe resignarse, mientras tanto, a esta frustración temporal.

Pero no en este instante. Más tarde, más tarde...

Ella

La música sonaba muy fuerte. La mujer de piernas libanesas se entregó al ritmo, completa y deliciosamente enfrascada en el placer de dejarse llevar por esa ola violenta que penetra y transporta. Se olvidó de todo: guerra, guerras, grandes y pequeñas, internas y externas, soledad, autodestrucción, miedos, máscaras, bofetadas, ausencias, debilidades, secretos, incomprensión, vergüenza, traición, culpas, mentiras... Tantas puñaladas (dadas y recibidas, ¿cuál es la diferencia?) como experiencias en su vida. Se olvidó de sus errores pasados, de los que habrá de cometer, y se puso a bailar.

José Luis Cuevas
Autorretrato en el hotel Mision, 1982
Tinta y acuarela sobre papel
26.5 x 26.5 cm.

Yo

Mientras bailo pienso en ti. Bailo con los ojos cerrados, con la mente abierta, con la imaginación fluyendo. Me balanceo suavemente y te llamo con la cadera, el cabello y los labios. Con todos mis labios. Nos despojo, nos invento en las versiones posibles e imposibles del sueño, y el sueño arde, y yo adoro ese ardor anclado en mí, lo apaciguo, lo mantengo, lo nutro a la espera de que también lo nutras, sabiendo que el fuego se estropea con demasiados sueños, y que, de cuando en cuando, necesita de leña verdadera para continuar incandescente. Lo siento, leñador, en ese instante noté la lengua franco-española de Michel en mi delicado cuello libanés y desperté súbitamente de tu ausencia para devolverla a su lugar.

El galante profesor se reanimó tratando de mostrarme sus proezas como bailarín. Era muy flexible, su elasticidad impresionaba (aunque la «dureza», podrás imaginarlo, habría sido mucho más deseable en aquellas circunstancias). Luego bailó de rodillas y aproveché el campo de visión para echar un vistazo sobre el magnífico sillón rojo donde, media hora antes, había abandonado a mis amigos: me di cuenta de que Y., quien normalmente tomaba solo Coca-Cola light, había ingerido al menos veintidós tragos de whisky de más, pues de seguro motivada por mi ejemplo edificante de amnésica voluntaria, también andaba sin blusa y coqueteaba con G. luciendo su Wonderbra color lila. Pero bueno, Travolta y sus murmullos a la oreja estaban de regreso... *eres preciosa de inmediato lo reconocí tienes clase te deseo vamos a dar una vuelta por allá atrás ¿no tienes ganas?* Puesto que hablaba demasiado, fui a devolverlo a la oreja de su rubia y regresé a salvar a Y. de un tremendo remordimiento al día siguiente, pero, al no encontrar a nadie, me dirigí a otro espacio.

En cuanto atravesé el umbral del nuevo lugar, vi a una mujer apartando su tanga y sentándose sobre un hombre. Lo hizo entrar lentamente en ella y al instante comenzó a gritar. Sus gritos perfeccionados de frígida eran más que evidentes, pero aun así le tuve envidia. Me encanta la primera penetración, y si tuviera que elegir el momento que más me gusta al hacer el amor, sin duda escogería ese, cuando el hombre me abre las piernas, el primer segundo interminable en que me penetra, provocándome un poco de dolor, pues no estoy abierta del todo sino hasta que siento el contacto de su sexo. Cualquier preludio, por más delicioso que sea, no me produce nada. Y nada en el mundo se compara con esa sensación, con esa recepción, con ese ingreso tierno e impetuoso del todo en el todo.

Ella

El árbol se inclina y la mujer-río empieza a gotear. Una mano sale de lo onírico y se desliza sobre ella con lentitud presurosa. No era su mano. Era la de cada uno de los hombres que la ansiaban. De todos y cada uno de ellos al mismo tiempo. El singular plural perfecto. Sólida, fuerte, atrevida, insaciable pero cariñosa: una mano que conoce. Una mano que, antes que nada, no espera, sino toma. Su cabeza se enciende, delira, estalla. Se aventura hasta el fondo, allá donde muchas cosas tácitas, no hechas y malhechas están esperando explotar. La miel de sus ojos la admira y canta. Sus dedos desfallecen, se demoran, se sumergen, vagan a la entrada del templo. Circundan, atormentan, aletean y luego retroceden.

Todavía de pie, la mujer abre las piernas para acogerse y las vuelve a cerrar con fuerza. Su mano acaricia la sonrisa vertical, la entreabre, la roza, insiste y luego huye. Unas veces ara, otras nada más insinúa. La fuente brota, el vino mana.

Una mano, una sed, ¡de prisa!

Yo

Vuelvo de ti. A mi derecha, la tanga regresaba a su posición entre las nalgas planas de la simuladora. A mi izquierda, así como arriba y debajo de mí, flotaba mi consciencia atormentada –pero escandalosamente rica– de felina golosa. De pronto, una mano pegajosa me toma de la nuca y me obliga a dejar la mesa antes de que termine el festín. Es el octogenario de cabello hirsuto, con la camisa aún más desabotonada. *¿Has empezado sin mí, cariño? No importa ya nos recuperaremos.* Nada de miedo. Tengo una mirada concebida especialmente para tales circunstancias: se la lanzo a la cara, y el doble malhecho de M. Douglas retira su pata como si se hubiera quemado.

De hecho, ¿por qué «como si»?

Salgo y prosigo con la búsqueda de Y. y de G. Me abro paso entre la marea de sudores y gemidos, sintiéndome como nadadora experta que va al rescate de un par de náufragos, pues G. y Y. han formado, con toda seguridad, la pareja de conexión más veloz –y también la peor– que haya existido (incluidos Arthur Miller y Marilyn Monroe). Un negro bien parecido, en pleno ligue con la amiga de la infancia de su bisabuela, nota mi aire desamparado y experimenta un deseo fraternal de consolarme de una pena que cree adivinar: *la vida es*

José Luis Cuevas
Autorretrato en el motel "Las delicias", 1984
Acuarela y tinta sobre papel
28 x 20 cm.

hermosa aprovéchala no estés triste eres joven y encan-
tadora bla bla bla abre tu mente y saca de ella cualquier
pensamiento amargo (¿Debería decirle que es sobre todo
el verbo «abrir» el único que no puedo apartar de mi
maldita cabeza?). Besa el claro de mi muñeca con dul-
zura. Mi pulso advierte el contacto de sus labios. *Vamos*
relájate yo sé qué es lo que te hace falta para ser feliz... Ad-
mito que había logrado captar toda mi atención. ¡Qué
maravilla! Este hombre, quizá un mago en sus horas de
ocio, SABE, por alguna revelación desconocida, qué es
lo que me falta para ser feliz. *¿Y qué es?*, le pregunté,
esperando una asombrosa reflexión filosófica capaz de
transformarme la vida. La respuesta llega, incluso más
asombrosa de lo que había previsto: *¡Lo que necesitas es*
un antillano!

Lo que en realidad me hacía falta eran segundos para
asimilar el golpe antes de replicar:

—Sí, claro, ¿cómo no se me había ocurrido? Y tú, de pura
casualidad, ¿de dónde eres?
—De Martinica.

Era evidente.

Ella

La felina golosa se olvida de Philippe, el filósofo de Martinica. Se olvida también de la poca afortunada necesidad de ser feliz, y continúa explorando el terreno en busca de sus amigos. Entra en los salones uno por uno y observa cuánto se parecen entre sí aquellas personas. Son parecidas, tristemente, unas a otras: chicas medio desvestidas (con las que uno se cruza en la calle a pleno día, cada vez con más frecuencia), hombres de sonrisa deshidratada y engreída, mujeres en corsé y ligueros, todas tan parecidas a aquella vieja tía olvidada a la que visitamos dos veces al año.

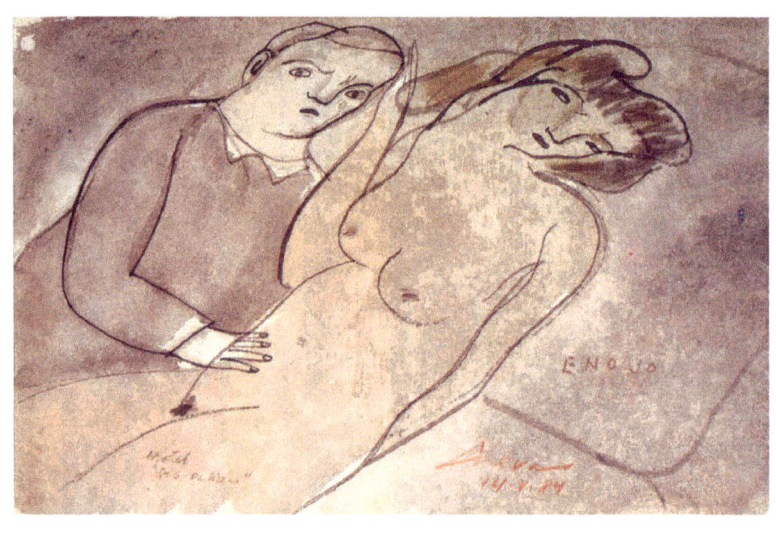

José Luis Cuevas
Enojo, motel "Las delicias", 1984
Aguada, tinta y acuarela sobre papel
19.5 x 28.5 cm.

Yo

Una hermosa morena de grandes senos ejecutaba su baile voluptuoso frente a una pequeña aglomeración. Alguien comentó que era argelina. Entonces le sonreí por solidaridad árabe (ah, la famosa solidaridad árabe), me atrajo hacia ella por solidaridad femenina, bailamos juntas por solidaridad artística, ¡y hasta llevé mi mano a sus senos por solidaridad estética! Pero nuestra bella historia se esfumó cuando un tipo, con 343 cadenas de oro en el cuello y que sin duda era su novio, me hizo una propuesta inconveniente, la cual implicaba la cooperación de tres personas, un diván y una extrema solidaridad corporal a la que, con toda razón, no podía adherirme.

Al dirigirme al tocador vi que, sobre una mesa a mi derecha, había una enorme bandeja de dulces de menta. Encima de la bandeja estaba sentado un hombre, estrujado por dos Lolitas, que intentaba desabrochar la reticencia de una y la sangre fría de la otra mientras luchaba con su pantalón y sus zapatos, que no podía desamarrar. Casi me da un ataque de risa al recordar la frase que habías dicho apenas unos días atrás: *Los amantes deberían llevar solo mocasines.*

Ella

La limpieza y el orden del tocador eran fascinantes. ¿Quién habría imaginado la existencia de un remanso de armonía e higiene dentro de un caos como aquel? Había dos o tres mujeres abotonando, desabotonando o volviendo a abotonar sus ilusiones. Indiferente a su presencia, la mujer de húmeda boca –y otras cosas– se puso frente al espejo, entreabrió el telón de su falda y acarició aquella mata. El hombre de los mocasines le había pedido que se dejara crecer el vello para su siguiente encuentro.

Mientras se contemplaba, el soñado se enraizaba en el ardiente jardín que lo estaba reclamando. Y entonces ella se dijo: La próxima vez, en cuanto entre, no lo dejaré salir. Se quedará aquí dentro para toda la vida, como una colonia nueva erigida en mi templo perpetuo, como el primer refugiado sexual de la Historia, cocido a fuego lento y saboreado eternamente, envuelto con ternura por la arcilla de mi deseo, para embriagarme, para escribir las historias que nadie ha podido ni se ha atrevido nunca a escribir.

Yo

Cuando salía, me llevé una sorpresa al ver a Y. contoneándose en el estrado y coqueteando con el tubo metálico colocado al centro de la pista. Debía llevar aquello en los genes, pues bailaba de maravilla, como si esa fuera su vocación. ¿Esta stríper en ciernes es la misma chica que a cada rato hace interminables comentarios sobre los *cabrones-que-solo-quieren-acostarse-con-nosotras*? Rogué que al día siguiente olvidara la escena que estaba dando, de otra forma no iba a perdonar que la arrastrara a aquella apoteosis de desfachatez. Pensé con orgullo que la inocencia, si es que existe, en ocasiones sirve para algo: nos permite el lujo de quebrarla. Un lujo del que me encanta abusar.

Luego de varios incidentes similares, el esparcimiento y el encanto del anonimato llegaban a su fin. Consumada la experiencia, me sumergí en un denso fastidio. Eran ya las 4:30 de la madrugada y quería regresar a cerrar las maletas, pero sobre todo me urgía darme un baño. Localicé a mis dos compañeros, cuyos experimentos propios los habían dejado sin aliento, y emprendimos la salida. Frente al guardarropa, otro filósofo (estos lugares, en definitiva, favorecen su proliferación) confunde mi fatiga y mi tedio con timidez (¿yo?) y me dice: *¿Escandalizada, chiquita? ¿Es tu primera vez? Aquí se trata de joder, nada de amor. Pero eres demasiado joven para entender la diferencia* (¿yo?).

Ella

Horas más tarde, en el taxi que la lleva al aeropuerto Charles de Gaulle, la mujer que entendía bastante bien la diferencia lamenta que los 22 tragos de whisky que bebió su amiga no hubieran sido 222 pues, mientras recorrían la distancia entre el desenfreno amateur y la paulatina sobriedad llena de remordimientos, Y. no se cansó de repetir: ¡Oh!, pero ¿qué hemos hecho qué hemos hecho Dios mío? *La cínica, resignada a su cinismo, escuchaba serenamente a su amiga y suspiraba:* Esta todavía necesita aprender a abrir y a cerrar las ventanas en el momento oportuno.

Luego de registrar las maletas, la mujer que sabe abrir y cerrar las ventanas en el momento oportuno se deja caer sobre un asiento, desenrolla los párpados y percibe cómo su corazón se estrecha levemente. Quién sabe, piensa un tanto divertida, tal vez lo que en realidad me hace falta es un antillano...

El hombre del tierno sombrero le sonríe a lo lejos.

Vaso Roto Ediciones

Poesía

www.ingramcontent.com/pod-product-compliance
Lightning Source LLC
Chambersburg PA
CBHW041607240626
47164CB00009B/205